阿ㄚ 財ㄘㄞˊ 去ㄑㄩˋ 哪ㄋㄚˇ 裡ㄌㄧˇ？

插畫家 🕊 恰可 編劇 🕊 台梗玖號

今天是我的第一個十歲，
爸爸帶了一個小小的籃子。

這是我的生日禮物嗎？
我好奇地跑向籃子，朝裡面看過去。

哇！是一隻小狗狗，那雙又圓又黑的眼睛，就跟我一樣。

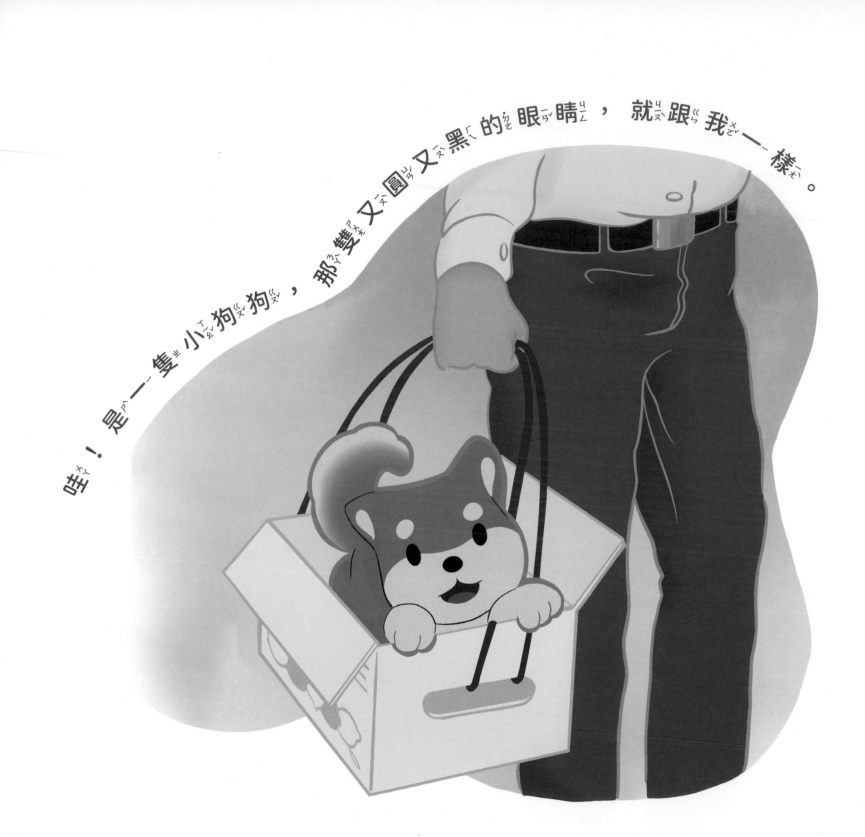

「牠就是你的小寶寶，　你要幫牠取個名字。　」爸爸說。

那就叫做阿財吧！
因為牠是一隻柴犬， 阿柴阿財。

我ㄨㄛ要ㄧㄠ餵ㄨㄟ阿ㄚ財ㄘㄞ吃ㄔ東ㄉㄨㄥ西ㄒㄧ！

爸ㄅㄚˋ爸ㄅㄚ˙說ㄕㄨㄛ阿ㄚ財ㄘㄞˊ是ㄕˋ我ㄨㄛˇ的ㄉㄜ˙小ㄒㄧㄠˇ寶ㄅㄠˇ寶ㄅㄠ˙，
所ㄙㄨㄛˇ以ㄧˇ我ㄨㄛˇ要ㄧㄠˋ好ㄏㄠˇ好ㄏㄠˇ地ㄉㄜ˙照ㄓㄠˋ顧ㄍㄨˋ牠ㄊㄚ。

但ㄉㄢˋ是ㄕˋ阿ㄚ財ㄘㄞˊ都ㄉㄡ不ㄅㄨˋ好ㄏㄠˇ好ㄏㄠˇ吃ㄔ東ㄉㄨㄥ西ㄒㄧ，
一ㄧ直ㄓˊ跑ㄆㄠˇ來ㄌㄞˊ跑ㄆㄠˇ去ㄑㄨˋ。

我只好把小桌子搬到阿財旁邊，
坐下來跟阿財一起吃飯。

阿ㄚ財ㄘㄞˊ阿ㄚ財ㄘㄞˊ，
你ㄋㄧˇ吃ㄔ完ㄨㄢˊ飯ㄈㄢˋ才ㄘㄞˊ可ㄎㄜˇ以ㄧˇ出ㄔㄨ去ㄑㄩˋ玩ㄨㄢˊ喔ㄛ！

我怎麼覺得這句話很耳熟，
好像常常聽到？

我還要帶阿財去洗澡，
不過阿財好像不太喜歡。

阿ㄚ財ㄘㄞˊ阿ㄚ財ㄘㄞˊ，
洗ㄒㄧˇ完ㄨㄢˊ澡ㄗㄠˇ澡ㄗㄠˇ才ㄘㄞˊ可ㄎㄜˇ以ㄧˇ到ㄉㄠˋ床ㄔㄨㄤˊ上ㄕㄤ去ㄑㄩˋ蹦ㄅㄥˋ蹦ㄅㄥˋ跳ㄊㄧㄠˋ跳ㄊㄧㄠˋ！

奇怪？ 我怎麼好像也常常聽到這句話？

很快的阿財長大了， 我也長大了。

阿Y財ち每ㄇ天ㄊ都ㄉ會ㄏ在ㄗ巷ㄒ子ㄗ口ㄎ等ㄉ待ㄉ我ㄨ從ㄘ學ㄒ校ㄒ回ㄏ家ㄐ。

回家以後我會帶著阿財出去散步，
經過雜貨店、肉圓店、理髮店、警察局，
大家都知道這是我們家的狗狗，叫做阿財。

上了高中以後，
有個我喜歡的男生會跟我一起回家。

每次到了我家的巷子口，
阿財都會對他一直叫。

阿财你不可以這樣子，
這樣很壞，壞壞！

阿ㄚ財ㄘㄞˊ還ㄏㄞˊ是ㄕˋ齜ㄗ牙ㄧㄚˊ咧ㄌㄧㄝˇ嘴ㄗㄨㄟˇ的ㄉㄜ˙一一直ㄓˊ低ㄉㄧ吼ㄏㄡˇ。

後來我才發現這個男生是個花心大蘿蔔。

原來阿財一直都知道。

考ㄎㄠˇ上ㄕㄤˋ大ㄉㄚˋ學ㄒㄩㄝˊ後ㄏㄡˋ，我ㄨㄛˇ就ㄐㄧㄡˋ要ㄧㄠˋ離ㄌㄧˊ開ㄎㄞ
我ㄨㄛˇ最ㄗㄨㄟˋ愛ㄞˋ的ㄉㄜ˙阿ㄚ財ㄘㄞˊ去ㄑㄩˋ外ㄨㄞˋ地ㄉㄧˋ念ㄋㄧㄢˋ書ㄕㄨ了ㄌㄜ˙。

開學的時候我跟阿財說：
「你要照顧好大家喔。」
其實我是想跟爸爸媽媽說：
「請保重身體。」

換了環境來到新的地方， 晚上忽然覺得好冷喔，
或許這樣的感覺不是冷， 是寂寞。

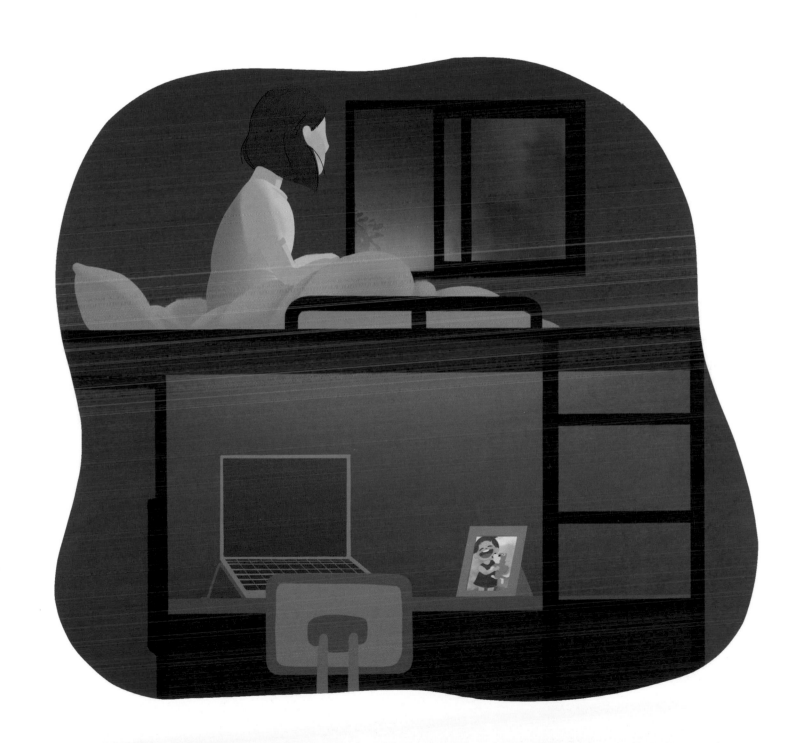

隨著認識的同學變多了，
大學的生活也越來越有趣。

和家人通電話，我最常說的就是：
「這星期我沒有要回家喔。」

今天爸爸突然說：
「你這禮拜還是回來一趟吧，阿財不舒服。」

突然想起心愛的阿財，
我竟然已經一年沒有回家了。

我收一收行李趕快回家去，
阿財果然在那個巷子口等著我。

「阿財來吧！我們一起回家。」
拖著行李的我帶著阿財一起回家去了。

阿財躲到了自己的小窩窩去了，
走過去摸摸阿財，
我才發現阿財已經叫不起來了。

我忽然大哭了起來，
我邊哭邊問爸爸一個問題：
「阿財會去哪？」

爸爸說：「會去一個很好的地方。」

之ㄓ後ㄏㄡˋ我ㄨㄛˇ們ㄇㄣˊ幫ㄅㄤ阿ㄚ財ㄘㄞˊ舉ㄐㄩˇ辦ㄅㄢˋ了ㄌㄜ一一個ㄍㄜˋ隆ㄌㄨㄥˊ重ㄓㄨㄥˋ的ㄉㄜ喪ㄙㄤ禮ㄌㄧˇ。

我ㄨㄛˇ想ㄒㄧㄤˇ要ㄧㄠˋ謝ㄒㄧㄝˋ謝ㄒㄧㄝˋ阿ㄚ財ㄘㄞˊ，因ㄧㄣ爲ㄨㄟˋ狗ㄍㄡˇ狗ㄍㄡˇ的ㄉㄜ壽ㄕㄡˋ命ㄇㄧㄥˋ比ㄅㄧˇ較ㄐㄧㄠˋ短ㄉㄨㄢˇ，我ㄨㄛˇ才ㄘㄞˊ能ㄋㄥˊ夠ㄍㄡˋ體ㄊㄧˇ會ㄏㄨㄟˋ到ㄉㄠˋ時ㄕˊ間ㄐㄧㄢ的ㄉㄜ珍ㄓㄣ貴ㄍㄨㄟˋ，謝ㄒㄧㄝˋ謝ㄒㄧㄝˋ你ㄋㄧˇ的ㄉㄜ先ㄒㄧㄢ一ㄧ步ㄅㄨˋ離ㄌㄧˊ去ㄑㄩˋ，我ㄨㄛˇ才ㄘㄞˊ能ㄋㄥˊ夠ㄍㄡˋ明ㄇㄧㄥˊ白ㄅㄞˊ相ㄒㄧㄤ處ㄔㄨˇ時ㄕˊ光ㄍㄨㄤ的ㄉㄜ可ㄎㄜˇ貴ㄍㄨㄟˋ。

台梗玖號

編劇說:

我這一輩子最怕死了，我根本就不知道怎樣面對死亡，究竟是一片黑暗還是跟睡著一樣？

就算我繼續想也不會有答案，那我只好任性的過這一生了，因為我不想要死掉以前充滿遺憾，這樣講好像就不再害怕了，所以我來寫劇本了。

恰可

插畫家說:

讓我回想起還小的時候，常常午覺起床看不見媽媽而大哭，那時的我應該比任何時候的我都還珍惜當下的陪伴。

給父母、老師、孩子們

的腦力激盪時間

一起來回答問題

完成任務吧!

回答問題

珍惜 ★

你知道珍惜的意思嗎？好好珍惜身邊的人，和他們說聲謝謝和我愛你吧！

橘色的小狗 ★★

大家還記得書本裡面的狗狗叫什麼名字嗎？牠是什麼品種呢？

小動物 ★ ★

你喜歡小動物嗎？ 你最喜歡什麼動物呢？

養寵物  ★ ★ ★

狗狗是人類最好的朋友唷， 養狗狗時我們需要做些什麼呢？

阿ㄚ 財ㄘㄞˊ 去ㄑㄩˋ 哪ㄋㄚˇ 裡ㄌㄧˇ ？

書　　　名 阿財去哪裡？

編　　　劇 台梗玖號

插　畫　家 恰可

封 面 設 計 恰可

出 版 發 行 唯心科技有限公司

　　　　　　地　　址：台北市松山區八德路三段247號五樓之一

　　　　　　電　　話：0225794501

　　　　　　傳　　真：0225794601

主　　　編 廖健宏

校 對 編 輯 簡榆蓁

策 劃 編 輯 廖健宏

出 版 日 期 2022/01/22

國 際 書 碼 978-986-06893-7-2

印 刷 裝 訂 博創股份有限公司

定　　　價 500元

版　　　次 初版一刷

書　　　號 S002A-DXZL01

音 訊 編 碼 0000000000030002